李芝韻雅之

陳芝華

贈

別愛陌生人

陳克華

元尊文化　META MEDIA

風格館／貓的夜瞳／陳克華 作品

別愛陌生人

作者——陳克華
主編——楊淑慧
編輯主任——陳秋松
責任編輯——葉憶華
特約編輯——謝仁昌
美術設計——黃瑪珂

發行人——王榮文
出版——元尊文化企業股份有限公司
台北市羅斯福路二段113號
郵撥——19010881
電話——(886-2)364-5566　傳眞——(886-2)364-5577

著作權顧問——蕭雄淋律師
法律顧問——王秀哲律師・董安丹律師
輸出——大亞彩色印刷製版股份有限公司
印刷——優文印刷事業有限公司

1997年6月1日　初版一刷
行政院新聞局局版北市業字第898號
定價150元（缺頁或破損的書，請寄回更換）
版權所有・翻印必究（Printed in Taiwan）
ISBN 957-8399-01-4

Since 1975
遠流出版事業股份有限公司　總代理
發行所／台北市汀州路三段184號7樓之5
TEL:3661212・FAX:3657979

Never Love a Stranger

Written by Kohua Chen
Copyright 1997 by Meta Media International Co., Ltd
All Rights Reserved.
Meta Media Co.,(An Affiliate of Yuan-Liou Publishing Co., Ltd.)
No. 113, Sec, 2, Roosevel Rd., Taipei, Taiwan, R.O.C.
Tel:(886-2)3645566 Fax:(886-2)3645577
Printed in Taiwan

YL ib
http://www.ylib.com.tw
E-mail:ylib@meta.ylib.com.tw.

出版緣起

王榮文

　　一九八八年，遠流「小說館」成立。一九九六年夏天，也就是八年之後，我們推出「風格館」。在這整整八年間，我們恰可藉著「館」的建築暗喻、館名的更迭，反省「館」所蘊含的收藏、祕存、經典化及市民性格的空間思維，與閱讀背後挾帶的文化氛圍，又遭遇了哪些變形和迷思。

　　一、由「館」的文類思維→「走廊式」的文類思維：九〇年以前「小說」、「散文」、「詩」、「評論」等區塊式的文學分類已界限模糊。甚至如五〇年代「反共文學」、六〇年代「現代文學」、七〇年代「鄉土文學」，這種由文學史或文學論戰所暗示的文學版圖，在九〇年代後輪廓盡失。閱讀的消費性格強迫出版者更多元地替作品搭架更細膩的閱讀情調。

　　二、由「館」的閱讀習慣→「街道式」的閱讀習慣：「館」所暗示的，「私房書」式的私密閱讀空間，成為公眾的，網路連線的符號傳遞和重組。閱讀不再是一完整穩定的線性時間經驗；可能是任意切換、在對話中跳躍的即興空間。

　　三、由「館」的大師期待→「櫥窗式」的極度風格化：創作者不再苦苦排隊擠進大師的祭壇。而是更自由、真誠地與當代文化情調，進行一場符號的舞蹈。極度風格化使僵化的閱讀口味在精緻的味蕾刺激中復甦；流行—小眾；通俗—嚴肅的對峙僵局被打破；「風格」成為符號氾濫中唯一能確定的價值。

　　文類交媾的結果，使得我們無法按圖索驥、對號入座。「文

學」成為更多陌生孤立、無法況描的感性迷宮。孤寂、華麗、身體政治、性別扮串、符號爆炸下的死灰經驗、歷史的荒原……太多無法以古典修辭勾勒的邊緣情境、在遺失圖標的書寫蕪廊和斷臍的文學記憶裡漂浮。我們的作家早已離席，在文字的化妝舞會後臺，挑揀著雜堆在一起的野戰服、芭蕾舞鞋、外穿內衣、塑膠材質婚紗和湘繡拳擊手套──而我們仍粗暴呆滯地枯候在標示著「小說」、「散文」、「詩」、「評論」的劇院出口等待獻花？

當強調文本厚度與多重層架的百貨公司型大師不再，作家更常成為自己文字小型精品店的主人時，遠流「風格館」的開館，或不僅僅意味著為錯愕在斑駁錯置，柔腸寸斷的文學廢墟前的讀者重繪地圖；或是替扮相撲朔的作者量身打造戲服與臉譜；更多一些的心情是，當文學經典的權威性開始鬆動，公私場域的語言策略即興地交替、挪借；當我們意會到「嚴肅─通俗」、「大眾─小眾」的邊界接縫，開始冒出一些更幽微異魅的奇花異卉，我們願意把書的閱讀，視為一種空間的闖入和停留──在這裡，可以有一些記憶的迷途；有一些自街道轉角或城市角落訝然出現的，你久已羞赧好面對的細緻感動；一些窸窸有聲，在黯黑中輕輕抽長的靈魂藤鬚。

彷彿躑躅默立在風格迴廊的琳瑯櫥窗前，無法決定該推哪一扇門進去。

目 錄

握在手中，一塊不知所措的肉
有序無續陳克華的兩本老家
林則良

　　答應寫一篇序，就像接了一通電話，沒用啥腦子，就說好，「我待會就過去。」就去那裡，某個地方，這應該沒啥大不了的。陳克華「家宅」──「在現代詩中，關係僅僅是字辭的一種延伸，字辭變成了『家宅』」。這是羅蘭·巴特說的，不是我。所以把帳記在他身上，他會在冥河另一邊的Ｖ浴池買單。

　　然後，就睡著了。醒來，就忘掉了。還是老樣子，在生火，抽煙；生火，燒水；生火，燒整本廣告，只留下一頁：「男人身上的一塊肉，是另一個男人的毒藥。」然後，茶壺發出殺貓的貓叫聲，所以，理所當然，就把撕下來的那一頁也燒掉了，終於把那塊黑白的肉和那隻黑白的手烤得紅燙燙，才真的很肉肉的。然後，就黑黑的。

　　黑黑的，早就不知所以然，還是飄起來，一小片衝到臉上──誰弄髒老子的臉孫子就給他好看──就把窗戶關好，一擋住狂風，然後就突然啪啪啦啪啦下起大雨；在外面。誰管它外面在下大雨。雨在外面下得死去活來。雨一下就下了十年。雨不下就下鬼雨。

　　「這沒道理。」隔同一條巷口一百公尺遠的路口地下

室，一家叫FUNNY的吧裡頭，有一個人對另外的另一個人這樣子說。那時我剛好無聊的在寫一封信；「因為沒道理才是真得很有道理，要不然，還寫詩幹嘛？」

才寫完這個句子，一百公尺遠，有一個人要擠進另外一個人和另外的另一個人這兩塊火熱的肉當中，搞夾心。「他的心已碎，呀呀，我是他貞潔的瑪麗亞，」好爛的歌，下一句八成會是「來，我會幫你生椰酥(耶穌)」。亂轉收音機，又跑出一句，「我是眾人所歸的棉被，芳名卡門。」無聊，所以就手癢癢，去電電我的電吉他，哇哇哇；貓和老鼠又在天花板上開運動大會了；電吉他燒斷了，貓咬死老鼠了，真好，今天這個「後現代墳場」——而大家都知道「後」字再也不亮了——也勉強掃好了，倒頭要量倒八個小時，整個世界卻搖了起來，媽的，again？又來了，地震。

然後，鋸齒狀的兩個禮拜就吃掉了兩個禮拜的肉。沒關係，肉還很多。

然後，我又說好，可以，待會見啦。沒啥大不了的嘛。不就是那個老地方。「陳克華家宅」。有一間叫《別愛陌生人》，另一間就叫《星球紀事》。我不會弄錯的。

出門前，一邊翻著一頁新廣告，一個比基尼女郎跪在一個肥壯的健美先生面前，健美先生一臉真是麻煩的無辜相，旁邊有字，「她在我的大腿上幹什麼？」，一邊跟電話另一頭的一個人磨菇，「姨婆好，請你要多賺點錢，就可以買(給)我，Gucci，阿路米(鋁——阿瑪尼)，老爸·Smith，

Pa-ul，或是三把鑰匙。」

「不用了，你就是個名牌。」

「就算是，也要穿點東西才能走出門吧？」

所以遲到了。

然後，就被逮捕。

罪名是：兩棟家宅屍體和一堆器官（尤其是什麼性的器官），涉嫌謀殺和分屍。

很快底我就知道，我成了一塊因誤闖空門而非常尷尬底、一塊正包在衣服裡面不知所錯的肉。

然後，我心裡明白很多的事，但我都不打算這樣或這樣去作。

——你必須對你所做的事情負責。現在，你同時也必需對所有人負責。來，請把手按在聖經上。

——白的，黑的，還是裡面白外面黑的那本？我比較喜歡錫薄和紙草的版本。

——你信仰虔誠嗎？

——基本上。

——所以你會負責任？

——看怎樣負責任。我沒搞大別人的肚子。若是有，那是那個人吃太多，也喝太多。

——你和陳克華什麼關係？

——麻煩你去問我的電話。它才知道，而且它會告訴你另外一隻電話。另外一隻電話也許會告訴你另外的另一

隻電話。

　　——你在房子裡作什麼？

　　——我看看房子裡面有什麼，我答應要寫篇序，就是很像門前會掛著的一塊牌子那類的東西。像是紀念碑或是「家居環境」之類的。

　　——結果你到底看見了什麼？

　　——你們又看到了什麼？我不知道你們看到了什麼。你們自己不都看見了嗎？

　　——說。

　　——《星球紀事》那棟練過健美的房子裡面有，房間都很大，而且房間裡還有房間，大房間有〈水〉、〈病室詩抄〉還有〈列女〉等等，有點「藍鬍子」style；《別愛陌生人》那棟是「給愛美麗的玫瑰」的style，有一堆小房間，〈盟誓〉、〈未完成的子句〉、〈還有一隻〉、〈我們像戀人一樣相遇〉、〈蝴蝶戀〉等等。

　　——細節，我們要細節。

　　——裡面很擠。完全密閉，窗戶不是畫出來的，就是半打開，窗的前面就堵一面牆，那面牆就是它的風景畫，沒有外面可言，或者說，它們的外面就在它們的裡面，我一直都找不到光的來源，所以根本難以行走，真不知道他曾經是如何活在裡面，也就是它的外面的，不管哪一棟或是哪一間，兩棟都淹水。也許有些真的是「精液」或是「淫水」，裡面到處都這樣寫著，我想大概是唬人的，哪來那麼

多。當然，到處都有屍體殘骸和器官，大概都是他自己的複製人吧。還有「一名擁有三個屄的女人」，上面標明了「她的三個屄分別被稱作／現象本質／和屄」。兩棟都已經是鬼屋。而且像「過期的肉粽」，開始黏黏爛爛長了霉絲（是孢子不斷的有絲分裂）。我的結論是——不是非常適合人居。情趣和眼淚的道具太多（還有催吐劑過量）。當然，我不順心或是不順眼就想動點手腳……

——繼續。

——首先，我對考古沒興趣。我不想管這兩棟房子的歷史，或是器官被醃製的年代。我想我最想做的事是把房子打洞。讓外面的光進來。我喜歡採光優良，包括黑暗的光線。但這不關我的事，這終究不是我的房子。還是讓我打個比方好了，我不寫陳克華的詩，也不想把陳克華的詩寫成我的。但不可避免的，每個人都會做這樣的事，改動所有的位置，每個人會讓房子可以讓他舒服。但是我不想。

——所以你覺得他用手術刀刮牆壁，用刮下來的屑點火取光？

——再打個比方好了，是刮詩取光，「因為別無選擇」。所以就在裡面設計外面，這個設計概念被稱之為「建築內心風景」，我想牆上有星球、斜塔和天窗等等。因為密閉，現在四壁裡一直盪著一個聲音的兩個聲帶。弄得我耳朵隆隆隆，就好像我是鐵碰到了百慕達三角洲，海底是具大的磁場。使我昏昏迷迷，慢慢錯亂。「只是我來到我的墓穴指認／

你將躺在另一個人的旁邊」,快溜啊,我想。但心裡又想,我有看過恐怖片,所以我就笑了起來。你們一定要去趕快看那部《驚聲尖叫》(Scream)的電影,包準完全免疫。只是碰到「純情」大概就沒啥救了。

——「純情」?氰化物嗎?

——大概那個人曾經一邊喃喃唸啊唸啊,旁邊一堆堆的組織切片盒,在旁邊一堆堆福馬林,非常狂熱的發高燒,拼命的刮牆壁,留下了牆壁上現在的廢墟。他大概就稱它是,神話、傳說、人類文明史。我怎麼都找不到紙,所以用口袋裡的統一發票抄下盪過來盪過去的幾句話:「我想走回到錯誤發生的那一瞬/將畫面停格/讓時間靜止/你永遠是起身離去的姿勢/我永遠伸手向你。」然後走到門口,發票就掉在半空中,怎樣也拖不走,怪事,真是撞到鬼發票了。

——你覺得他會是一個怎樣子的人?

——我覺得他會是一個怎樣的人?這不太重要吧。我只是答應去看看房子裡面有什麼,然後我想看到外面,卻沒有外面,就好像這裡是一個飛碟,太空船黏滿了現在長霉絲的非常強壯的太空包(孢)子。關於這個問題,也許你應該去問問王醫師。

——你走進房子裡面,你看見裡面,你不會去想蓋這些房子、把這些房子弄成這樣的會是一個怎樣子的人嗎?

——嗯——。基本上,我情願去認識一個人,而不是

去意淫一個人。所以⋯⋯

　　──說。

　　──嗯。應該蠻像，你看過《唐人街》嗎？對。大概像吠‧糖娜薇，她喊著，「她是我女兒，她是我妹妹。她是我女兒她也是我妹妹。」被近親相姦弄得蠻神經質的那個樣子。然後，大概就是有點像GENE的主唱Martin，是會把外衣扣到最上面一個扣子的那種人，但他大概會更想把那件衣服穿到他的肉裡面，然後一樣會把扣子扣到最上面一個。同時，會很在乎別人的衛生學。還有⋯⋯嗯，還有，他大概心裡想讓全世界的人都擠進同一條被單裡，但他會是衛生股長。還有⋯⋯

　　──夠了。你可以走了。

　　我就走了。

　　舞廳(五天)後。他們告訴我，他們得知他現在在蓋棟新房子，他就在裡面敲木魚。敲的是木頭，空空空；唸的是心經，色即是空，空即是色；想的是魚肉市場。當空響起來便想起色，當一想起色就空，空空，手上敲著木魚，心頭計算著買(賣)魚肉的價位。

　　「而豬肉可能不買也不賣了」，他們當中的一個說。然後遞給我一張黃黃的廣告單，被拿去包過油條的，上面印著燙金滾銀邊的字：

　　「我愛豬肉。」語言教學如是教你

　　豬肉也愛你

豬肉愛我們。

豬肉無比博愛——

　　　　　　　　　　　一九九七年四月三日

在我生命轉彎的地方

● 由高三升大一，由花蓮上台北。
● 很瘦，不會搭公車，只會唸書、考試，和寫詩。
● 大學參加第一個社團，便是「北極星」詩社。
● 第一次投稿《聯合報》，第一次遇見所謂「詩人」，瘂弦。

第六棵楓樹

如果一天
你路過家鄉
那兒僅有的五棵楓　是否
仍引你駐足欣賞

自從你決意飄泊的那晚起
我便悄悄
立成一株等待的楓
望你以冬的步伐歸鄉
探看我不住地憔悴
　　　　　落髮

零落至今
返鄉的路徑湮沒已久
你還能尋出原有的足跡？
如果當初的飄泊是蓄意的
你怎能解釋
我年年憔悴
　　　　落髮
在你南方故鄉暖暖的冬季

如果一天
你路過家鄉
希望你會驚異
那新植的第六棵楓
怎獨自地拒絕生長

1979

寂寞 · Autopsy

什麼叫做寂寞呢？每晚
我都要執刀進行一場自剖
我推測，在人體某處
必定有隱蔽的病灶尚不爲人知

斗室裏我看見，一具僵硬的軀體
橫在凌亂的舖上，唾液和嘔出的食物
穢物皆灑在不潔的被單上。
剪斷肋骨，開口直劃下鼠蹊
發現內臟還排列整齊
泛著蠟樣的澤光——我以指尖試探
果然，它們早已冰冷、硬化

應該是一種腺體吧，週期地
爆發這種難忍的生理現象
在血液，或稠綠的膽汁中
我發現整個體腔都浸潤著一種陌生的
微量的激素，我抽取出來
濃縮，再注入天竺鼠的靜脈
觀察

（什麼叫做寂寞呢？）

而那些囓齒類的小動物竟也知道了
一一地死去。我記錄著：
在那狹窄擁擠的籠裏
他們彼此踐踏而行；他們看不見
卻一逕戀棧著屍首

於是我也得到結論。當我
重新縫合傷口，將內臟歸位
窗外正是黎明，眾鳥喧噪在林子裏，
牆角的實驗八哥兒也起了不安的應合
在箱籠裏激烈地飛撞

「寂寞嗎？」我餵牠
拿我的臟腑

1981

雙重幻想

之一

好久沒再有一筆嗟嘆，字海裏
驚嘆號被濺起了
或者未盡的點點點。我的日記
荼靡凋萎在第一頁，後來
其餘空白的天氣，陰
偶雨

你來。臨睡前握筆，肘支著顎時
緩緩有你的手，越過肩膀，握住了
我的手：「我們共同記完這本日記罷……」
來記載下你我
源遠流長的，共同的幻想

「你願？我是說，願意自己
僅僅是一張姣好的畫皮？」你驚惑著問
我點點頭，星月絕望地隱去光輝
時空於我身後凌亂交錯著，而我看不見

此乃成爲日後惟一的眞實。主詞省略
日記裏，一頁頁夢境相互疊印——
繁花盛開的綠原，風裏無聲起伏著
草浪拍擊山巒，雲朵浸濕天空
野生馬流連山徑找尋掉落的榛菓，雀鳥藏身巢中
反覆數著溫熱而紋路美麗的新卵
「然而，在那裏，」你手指著一個方向：
每個人都是孤獨的。邪裏都是。
紅巖的山巔有傾頹的城砦散置
精靈於叢林間出沒，蓮花開在泥淖。
就此絕望戰退了逐漸沒落的智慧——

「是黑夜降臨了，這世紀混濁的黃昏
是巨大肉足獸與嗜血蕈橫行的年代。」你宣佈：
「所有希望和快樂皆要學習多眠……」
「所以我們惟一的職守……」你全身盔甲厚重：「
便是澈夜不眠不休地幻想。」所以
你的手緊握我的手緊握了筆同時
也共同緊握在你我掌心
悄然冰寒的
幻滅

之二

「永恆地，義與不義存在……」一如
夢原上亙古的，更替的夜與白晝
雙方人馬慘烈地廝殺，在血紅的黃昏
寒噤的黎明留下酣戰後的沙場，那兒
愛與恨並眠，時間停滯——
只死神蹣跚地跨過堆疊的屍身和盔甲
滿意地攜走無數顫抖哀泣的生靈

「慢著，」我阻止，祂正立在我的道上
寬大袍袖在風中撲撲作響，座騎受驚嘶鳴
「我與你下棋。」我說
呵，為何我仍戀戀於死亡逼臨前的
片刻的塵世，籠罩疾疫、愚昧和絕望的
戰火下食屍獸橫行的塵世？
我竟以無與匹敵的棋藝，巧詐的布局
贏取我的苟延

當死神伸出祂枯槁多皺的手指
將城堡推向我，騎士便迎向祂
遠處正是黃昏，贏下一局又一局，祂微笑著，不
祂的假面微笑著

「摘下它罷。」我堅持：如果我贏下這一局

祂嚴肅地點點頭。並誠實遵守約定

於是永夜我雙手捧著靈魂交給了祂。「爲什麼？」
祂重新戴上面具問。當羔羊揭開了第七封印——
我只是凝視了祂的臉一會兒，僅僅是
那張和我一模一樣的臉。

1981

晨詩

如一隻剛才蛻皮，虛弱的爬蟲
早晨，我蜷伏在陽光的窗檯上
獨自捕食一些
長久無詩的恐懼

只蠕蠕的慾望我無從抵禦
牠們自夢國攀出，以狡黠的保護色
門縫外伺伏著
再曲折地逼近
再飛快鑽入我凌亂的被褥
（而遠處怪異的叫賣聲響起了……）

啊誰，是誰在拖長了聲音喊我？
我急忙望出去，洪荒的市街
只一道血跡逶邐
在昔日你我走過的，亂石磊磊的小路
我終於走到盡頭，果然
你受傷的軀體在地上劇烈扭動著
我嘆息著走過去，端詳
然後用力把你踩碎

那是你昨日倉皇退走
所斷離的，誘敵的尾巴

1981

日記

這文字該如何斟酌呢？
我對你的愛
是日記體的

叨叨絮絮地，許多心事
我用心聽著，一面手裏
隨便打著一個結。一不留神
打死了，然而
它仍是美麗的
睡前再詳細記下來；天氣晴。
陰偶雨，今天你說
你說
你說

1981

盟誓

頭一次相遇，他切下一根手指頭給我
因為我們的盟誓

他說：你會忘記的，不要等我罷
我右手有六根指頭

第二次相遇，他臨走前在馬上
摘下他珠灰的眼睛贈我，因為
從此，我不再處女

我問：難道你有第三隻眼？
他笑了。

每夜我召來了夢魘，詳細盤查他的行蹤
隔著層層雲障我望見
他裸伏在每一叢月光的岩頂
接受和風與露水的愛撫，久久
再弓起身子，對著滿月
向著朝陽射精

呵，他是怎麼的一個人呢。（他寫詩嗎？）

當我走在湖畔，雙手捧著我的頭顱
夢魘在前頭指引我說：
水底那些骷髏們都在等著你呢
沉下去罷，魚族會吃盡你的屍身
爲什麼會是魚呢？那晚我問
他正伏在我胸前，尾鰭不斷拍打著我足踝
因爲……，他口吐著泡泡：因爲我們的盟誓。

因爲只有魚才懂得
相濡以沫

1982

我在生命轉彎的地方

我在十字路口停下來，等你
希望你會跟上來，詢問
我再小聲告訴你
這裏是我生命轉彎的地方

很久了，我僅有的夢境遲緩地
自黃昏的櫥窗裏浮現——
你正飛快地奔跑，我跟在後面
撿拾你一路遺落的珠寶與首飾
把它們一一拋入相互撕扯的浪裏……

而月亮偌大地自海面昇起了
一朵雲飽蓄著月光沉降，和平地灑下銀色的雨水
你手指著，喘息：曾經一個小孩在那裏走失了……
是啊！我想：是你嘆息的潮水
掩去了他身後的足跡……

於是我們沉默著互道再見
彷彿你是遙遠的一道霓虹亮麗，在西門
鬧區複雜喧囂的巷弄裏，沉默著

我堅持，只是沉默不告訴你
曾經，我在生命轉彎的地方等你

1982

風鈴

有許多時候，我以爲應該
在某種心情是不能寫詩的，然而往往
我便寫了。像一掛風鈴靜肅
懸在几前的小窗

那是十二隻被縛的白鳥
在輕輕掙動著
微微地振翅想要飛出
要探探自己的方向
就因而摩擦出悅耳的鳴聲，即使在午夜

即使在午夜
衆鳥棲息的當兒，仍然流動著
仍然徐徐拂動我書頁和額頭的，這世紀的風呵
試探著我內心的秩序
和質地——所有的元素都必須堅實
而且潤滑
而且適合彼此無意地撞擊——這時候

我總是不期然抬頭，發覺

是我的詩在和諧地發音

1983

卷二
1983-1985

我在城市中戀愛

●出版第一本詩集《騎鯨少年》。

●得到「時報文學獎」、「聯合報新人月」、《中央日報》與《明道文藝》的「全國學生文學獎」，以及《陽光小集》的陽光詩獎。是我「寫詩生涯」的「得獎期」。

●初戀，也是單戀。

丑神

——觀馬歇・馬叟

漸漸地，我不再以爲
他是以他的哀傷取悅我了——
在擁擠著象徵與暗示的舞臺
因爲想像的微風
拂動了，輕輕觸響了幾個內心的音節
而顯得遼闊

他說他孤獨。

他寫詩。更不著痕跡的，
他玩弄著柔軟的符號——
他綑綁他自己
他雕鏤著時間
他與自己拔河——可憐的孩子，
彷彿因爲太多的試探
而變得寂寞，唉，而認眞地在一旁
玩著只有自己懂得的遊戲。
然後他被撕扯

許多看得見的精靈正爭著要他，
他被自己的影子絆倒了
他打破房間所有的鏡子
他想逃離；
他執我的手，教我撫摸——

逃不走了……，我同意著，
許多沉默的理念
在瞬間閃逝，舞台上
人類正尋求一道生活的缺口
他堅持不以語言指示
他獨力搬動一塊隱形的巨石——

當他滾著天真的皮球走過
他告訴我這便是我們居住的地球
他厭倦了奧林匹亞的工作，他說
他想當個人類，休息一陣子

1983

未完成的子句

失焦之後，的眼前
世界是比較可愛些的——當地球的自轉
因爲我的瞌睡而頻頻顛簸
而船帆紛紛順著海面斜斜滑落
而同時有一千輛火車無聲地互撞
在我夢境邊緣出軌、墜燬……

八時整。打卡機吻了我的右頰一下。
我微笑
去拭掉那混合著一千人的唾液
或者，讓它自乾
成爲一塊美麗的胎記
因爲那些到處充斥的，焦灼敏感的女人。
激動地啃食話筒
嫻雅地，端坐——
夾緊雙膝，收緊小腹，
辛勤鍛鍊著陰道的收縮快意肌
意淫著上司顫動著權威的煙斗——

因爲上班時間是禁止思考的。

所以滷蛋與鹹肉擁擠著
激烈地相互發酵——從便當裏
一批蟑螂飛落他發紅的顴骨，吞嚼肥美的頭皮屑
而終於中毒：
他叫做克蟑。他拿掃帚佈置灰塵。
他的鼻尖上釘著時針。
他偶而誦讀廁所文學。
他，用過即棄。

而用過必須沖水的時候
轟然雷動，是羣羣肥腸蠕動摩擦的巨響
標示著腦滿的程度：
一份報紙隨著馬桶裏的小小漩滑，汩汩地
流回每個福爾馬林浸泡過的座位

每個跌碎復跌碎
終於也無法當作裝飾的夢想，壓在玻璃墊下——
永遠生活是如此熨貼的平面
而人的存在是一個點。

小小地被歪置在空白的座標
人際的幾何裏——除了位置無法辨識自己
除了一種模糊的饑餓

正膨脹著體積；關係的折線
整潔地分割每一個禮拜如餅
成六份：每一份要一樣大
而不能在乎好不好吃

而且不能吃得太快。
貯糧的螻蟻都知道不能午睡。因爲自己背後
還有一隻螻蟻。還有一隻——
所有人類討論過的
種種成爲偉大的可能，的句子
都是未完成。呵我們是
那未完成的點點點
排列在偉大之後的
· · · · · · · · · ·

1984

一九五〇年冬天

醫學院。六時正。秋決
之後我又立在曙光的隊伍中歡迎運屍的吉普

我們拼命鼓掌
只是試圖弄暖雙手。因為
那些屍體真冷

防腐池早已溢滿了表情
而以今天數目最多。樣式更繁。
像才從櫥窗裏撤下的
模特兒有的穿學生制服，有的睡袍：
一齣齣以死亡終結的劇本
相似的，彈孔的位置：
不在左邊胸口上的，
故事就會精采些

掀開已被掀開過的頭蓋骨
還熱騰騰，冒氣的
一大碗潔白的豆腐腦兒，
一個個中國人。總是供過於求

愈來愈年輕、愈健美的死屍——
這裏，是研究中國人——
腦袋以外的部位——最好的地方。

我耐心尋找
那羣到處藏匿的彈頭
塞回正待說話的舌頭，閤不上的眼睛
繃緊的聲帶；
解開緊握的拳頭包纏以濕潤的紗布
在鼠蹊摸索滯涸的股動脈——
注入福爾馬林之際，那最最男性的地方
黃白的精液正軟軟流洩
澆息了香火

呵，同時是幾億個生命的可能
與不可能。幾億個中國人
同在這一滴尙溫熱的精液裏，載沉載浮
代代，載浮載沉

而且我們必須鼓掌
因爲那些屍體，他媽的，
眞冷。

1984

我在城市中戀愛

我在城市中戀愛
很久，很久了，很久像一尾失去主人的
金魚，呼吸著自己的排泄
在無人換水的
污濁視野當中，脫去童男的外衣
在浪起的浮塵微粒間
流著灰色的眼淚──
當清晨的陽光灑滿了風散的垃圾
我終於放棄清洗自己
把頭按進馬桶
思維流入了城市下水道：
「我在城市中戀愛了……許多的良辰，」──
你這時剛剛走進屋裏，打斷了美景
腋下夾著一件禮物，對於
我的遲鈍感到驚訝：慾望。（慾望在城市中流竄巷戰）
惟有慾望是眞實而恒久的。你如此安慰。
我說是的不過暫時
只需要眼淚──只需要一件青綠色包裝的禮物
一小片青綠色的空氣和水
在咀嚼中逐漸淡似口香糖的屍體

（淡似我在城市中的戀愛）
今天我終於吐出
貼在公車座位上，顯得如此
自由。平等。
博愛。美麗。

1984

今生

我清楚看見你由前生向我走近
走入我的來世
再走入來世的來世

可是我只有現在。每當我
無夢地醒來
便擔心要永久地錯過
錯過你，呵——

我想走回到錯誤發生的那一瞬
將畫面停格
讓時間靜止：
你永遠是起身離去的姿勢。
我永遠伸手向你。

1985

春瘟

我躺著回你電話。
擺出原是做夢
或做愛的姿勢──但同時
胃裏塞著太多纖維粗大的肉類
和不易消化的情意結
因此我談吐流暢
真誠
無助。

這原是一個離奇的春日下午。
T城內電話線的架設已臻完備
雲低垂至窗口
落塵肥沃
陣發的瘟熱在皮膚遊走──
整個人變得節制,無法激烈
期待情愛
淑世。

「你過來時能順便帶一些玩具過來嗎?」我問

在回答之前
我已不著痕跡地
哭過，因此，當然是

飽滿的糖質
在雙手潮濕的攫取後
浸染出
一整個四月的黏黏膩膩。

1985

我與我的納西色斯

最近，
逐漸體力不繼。我發覺不能夠
再只用我這一對枯乾下垂
塌陷的乳房
哺育自己。

「今天該理髮了罷？」我問。
一種對美的質疑
陡然暴長，如一株造型凶惡的盆景

久久我與鏡子對峙
蓄起的鬢角釘掛在牆上，偶而
可以窺見一種命運的小丑臉譜
正偷偷對我仔細端詳

「也愛過了罷？」
我說。是的，而且
早就疲倦已極了──我走過去
強吻我自己
在每一面鏡子上留下指紋

和唇印，一如我怪異的簽名

然而我是如此豐富地戀著(你自己看罷)
在相對立的空間裏存活著的
有無數種延伸與歧義
的可能——然而
我只選擇了你這一種

「而且連這選擇都可能是虛妄的。」我想

因為事實上
別無選擇。

1985

淡

只敢用鉛筆描你，6A的，
畫在一種最不容易起皺發毛的紙上
因為只有特殊的
你的這種淡
才符合記憶的久遠
和
空無一物。

1985

我撿到一顆頭顱

●自醫學院畢業，向陸軍部隊報到。

●對醫學生涯的惶惑未止，又遭逢軍中生涯的粗暴無理，第一次自覺對生命的手足無措……。

在晚餐後的電視上

我在電視上看見一位很年輕的父親
分期付款買了一幢住宅在遠遠的山坡地上
早晨他微笑著醒在被褥微皺的床上，夢境安穩，
目光飽滿。

我看見他在陽光淺淺流動的草坪上做著運動
肩頭的肌肉舒弛柔緩，呼吸和暢
皮下脂肪厚薄正適宜──歡迎，他說：歡迎
歡迎您也來做我們的鄰居。
他誠摯邀請
露出的牙齒潔白整齊

我看見另一個很年輕的父親驅車前往
另一處遠遠的山坡地上
他有一張很中國的臉，很台灣的口音
很日本的工作態度
很美國的消費習慣──
他說：給您一個良心的建議
　　　　這就是您理想的抉擇──
雖然，山坡上並還沒有房子。

我在電視上看見他選擇了一個微笑的妻子
和一個過度美麗的兒子
三人安靜地圍在晚餐的桌旁
分別攝取足量的卡路里與平衡的電解質：
「告訴您一個愛的
愛的小秘密──」
我附耳上去
他告訴我應該使用某一種肥皂淨身
再採用另一種改良衞生紙
趁著打折

我在電視上看見一個長得和自己有點相像的年輕父親
他髮腳整齊
信心在皮膚上煥發光采
「你的襯衫有點皺，」他提醒我：而且樣式已經過時
而且背有點佝僂神情有些灰敗
頭髮有些斑白且多頭皮屑──我在電視上看見
一個理應如此的自己，愛好整潔
幸福地站在屬於自己的住宅前
微笑：

「過去的許多美好不再堅持了吧？」他在電視裏問我。

安全島上樹已成林
偶而雜有一株瘦削的水銀路燈
泛紫的柏油路面少有行車：
「城市，城市眼看就要蔓延到這裏來了……」
他憂慮地抽煙，眼中心思滿滿
看不見遠方

我在晚餐後的電視上看見
也終於記起那山坡原來的樣子
高高的芒草大片翻白
裏頭藏了一個黝黑瘦小的鄰家孩子
他牽著水牛走出來
說：貧窮，扼殺了我原本許多細緻的德行……

而富裕，却增添了我不少華麗的感傷。
在電視上，我深深知道此刻
他是眞正快樂的——
身爲一個亞熱帶島嶼的子民
也熱衷於健身，公益和文化事業等等
像一位攫取了我家族所有優點的兄弟
我深深憎恨與愛慕

在晚餐後的電視上

一幢幢鬧區裏聳立的公寓裏
走出了一位位年輕父親，趕在夜間收集垃圾之前
傾倒這一天累積的資訊與情緒
這不許違拗的城市節奏啊──晚安，
你也想擁有一棟自己的住宅嗎？
這不許違拗的成人命運啊，每個年輕父親
每晚趕在垃圾車離去之前

丟棄自己一次

1986

關於愛情

關於愛情我
　　　是
　　　一
　　　盞
　　紅黃綠
　　　燈
經過我時你
　　　可
　　　以
也可以不停。
　　　。

1986

我撿到一顆頭顱

我撿到一隻手指。肯定的
遠方曾有一次肉體不堪禁錮的脹裂
胸壓陡昇至與太陽內部
氫爆相抗衡的程度。我說
一隻手指能在大地劃寫下些什麼？
我遂吸吮他，感覺那
存在唇與指間恒久的快意。

之後我撿到一只乳房。
失去彈性的圓錐
是一具小小型的金字塔，那樣寂寞地矗立
在每一個繁星喧嚷
乾燥多風的藍夜，便獨自汩汩流著
一整個虛無流域的乳汁——
我雙手擠壓搓揉逗弄撫觸終於
踩扁她——
在大地如此豐腴厚實的胸膛，我必要留下
我凌虐過的一點證據。

之後我撿到一副陽具。那般突兀

龐然堅挺於地平線
荒荒的中央——
在人類所曾努力豎立過的一切柱狀物
皆已頹倒之後——呵，那不正強烈暗示著
遠處業已張開的鼠蹊正迎向我
將整個世紀的戰慄與激動
用力夾緊：
一如我仰望洗濯鯨軀的噴泉
我深深覺察那盤結地球小腹的
慾的蠱惑

之後我撿到一顆頭顱。我與他
久久相覷
終究只是瞳裏空洞的不安，我納罕：
這是我遇見過最精緻的感傷了
看哪，那樣把悲哀驕傲噘起的唇那樣陳列著敏銳
與漠然的由玻璃鐫雕出來的眼睛那樣因為痛楚而
微微牽動的細緻肌肉那樣因為過度思索和疑慮而
鬆弛的眼袋與額頭那樣瘦削留不住任何微笑的頰
——我吻他
感到他軟薄的頭蓋骨
地殼變動般起了震盪，我說：
「遠方業已消失了麼？否則

怎能將你亟欲飛昇的頭顱強自深深眷戀的軀幹
連根拔起？」

之後我到達遠方。
一路我丟棄自己殘留的部份
直到毫無阻滯——直到我逼近
復逼近生命氫的核心
那終究不可穿越的最初的蠻強與頑癡：
我已經是一分子一分子如此澈底的分解過了
因而質變為光為能
欣然由一點投射向無限，稀釋
等於消失。

最後我撿到一顆漲血的心臟。
脫離了軀殼仍舊猛烈地跳彈
邦浦著整個混沌運行的大氣，地球的吐納
我將他攔進空敞的胸臆
終而仰頸
「至此，生命應該完整了……」當我回顧

圓潤的歡喜也是完滿。
傷損的遺憾也是完滿。

1986

鋨實驗

悄悄我在你體內置入一顆發光的
鋨元素。當相衝突的
兩道血流在你邏輯迂廻的軟體裏
初次遭遇，額頭陷入了長考
鼻子觀測心靈
有一座迷你的星系圍繞思想的鉛筆，
終夜打轉，啊是否
遽然發光的左右大腦半球
暗示著地球本質的從此撕裂──
當毒癮發作的知識份子亟於選擇一道潮流
跳入，幽浮撞毀在十字路口
旅鼠於城市廣場聚集
午後的祭神儀式裏
精液驟下如雨──
這世紀末最大規模的祈雨呵
心靈交會的電流紊亂
我看見，悄悄拔下插頭的人世
漸漸沒入一種看不見的黑暗裏
空洞的建築只有
衰竭的心音廻盪其中，我也不問

你胸中是否有愛——
只有那顆鐵元素　讓我輕易
在遠隔著一百場核爆與酸雨
之後
將你的屍骸
輕易辨識。

1987

煙

我原想替你承擔生命的沉重
是的，沉重
我們都是一種本質上
沉重的煙霧，被肥厚的慾望
徐徐吞吐

然後
好像才突然發現了對方
我們很快滲透彼此每一個器官
摩擦過身體每一個角落
（却說不出是不是歡喜——）
只是，只是不停地上湧而且翻滾
煙一般握不住自己
握不住逐漸渙散
稀薄的快樂
——我原想伸手
伸手接過你生命的沉重
還給你你的翅膀
你的眼睛

你的名字你的青春
還給你你的愛。

1987

還有一隻

早晨被一陣急促的雜沓驚醒
我忿忿地發現
一隊螞蟻正踏過我思維滾燙的額角；
牠們正要旅行到我左手邊
糧食缺乏的角落去革命──
牠們無法回頭，高唱一個口號：
我的後面，
還有一隻。

我的後面，
還有一隻。

我拿麵包輕拍牠的肩膀，提醒憂鬱的牠：
你是最後一隻了。

牠說他知道，但他不相信。

1987

冰

他堅硬，堅持

以一種清冷的敲打音樂呼吸

「請注意……我本來是水，生活無所塑形

四處流動而且總是傾向墮落，」

他幾近透明地告白著，在意識的兩端來回滑動

隨時燙傷我

使我鬆手，以無從驚呼的剎那之姿

撞進他微弱顫動

顛覆一切惶惑的目光：

「愛我，請你狠狠愛我……」

而誰來釋放那禁錮在我們體內的火焰呢──

當我嘴含著他冰鎮的吻，感覺他正在急速融化時

總是清楚聽見那低調的金石軋礫之聲：

請你愛我請你狠狠狠狠狠狠狠狠愛我。

1988

與蘆葦的無盡遊戲

虛弱
虛弱得不足以承擔任何感動
我草質的莖，水質的心
在某一個世紀末的黃昏風中顫抖
匍匐
再匍匐
我不斷彎折搗地的柔軟腰桿
我不斷親吻腳趾的肥膩雙唇
我磨損的靈魂上漆之後
穿戴整齊——
我的痛苦
八面玲瓏

1989

當我心有所愛

陪他去看海，一個陌生遠來的朋友，
在河流切穿城市入海，不遠的地方
曾發生過溺斃
和污染。這就是
童年，僅僅有過的領地罷
他漠然問我：還抽煙嗎？
如果，我心無所愛
應該可以有一個雲與和風
充滿想像的下午：
在遠遠某城一個方形的角落
某一顆被生活禁錮的心
被愛情打劫過
如今，耐心
培養了一個小小的志願——
看海。當我心無所愛的時候
我陪著他，駛往童年的火車頭
廢棄在海灘，士兵和碉堡
也是。歷史業已成形
為某種情意結，無可抗爭地
左右了我

和我的感動。在這樣一個
無法結論的下午呵
只有許多人結婚就業生子的消息
可供談論，他和我
共同經歷一個年代　相似的悲喜
相似的撕裂和撞燬，兩個人却久久
無話可說
當我心無所愛的時候，我陪著他也
眞誠地嘆息，看見了
有關這時代的殘骸二三，偶爾
陽光般在海面
出沒。

1989

臺北吾愛

關於你，關於你站在廿世紀末的臺北街頭
關於你很南方的肉體
很庸俗的愛和慾，我都想知道
想深究，想流淚

想感動。關於你的晚餐
關於你平凡的初戀
你小小的野心，你初成形的一生
你一慣輕忽的夢
我都想替你留意，保存
代替你思考
　　　懺悔
　代你祈求──關於你，實在

我都不能多說什麼。很平常的一天
我帶來平常心
像其他幾百萬市民般有著光明與忙碌，曾經有過的
廝守與分手也都離遠無所謂了
你在T城的另一頭行走，匆忙，急躁
無暇留意身邊太多

關於這都市所充斥的
　　　　所缺少的

所以吾愛，在一種未知的速度裏
相遇，靈魂擦撞後
你離去，我倒臥
心靈透明的血泊當中
又一次，無人見證的車禍呀
（我甚至沒有記下你的容顏車牌號碼出生年月日什麼的）

只是我來到我的墓穴指認
你將躺在另一個人旁邊
（遺忘是最好的辦法了）
當再記起我住臺北——

再記起吾愛的時候
我也正在世界上某一個城市行走，匆忙，急躁
也有著小小的野心和夢
有過庸俗的愛和慾——
再記起，吾愛啊
再記起你的那時候
我正和你一樣

1990

卷四
1990-1992

因此我總是悲哀的

● 重回台北過住院醫師的生活。
● 亟力規避文學，創作，詩，期待自己做個「有用的人」。

屍變

我眼睜睜著有七七四十九晝夜了。
虛假的眼淚
如冰雹四下
敲打著我不能安穩的夢域

呵，我虛弱的靈魂依舊戍守著逐日萎敗的肉體
搖鈴與桃劍營營擾擾
仍無法驅走我
慾的糾結與生之眷戀——呵
每夜我召來狂嘯的西風和濃重的雨露
鄰近人家早早便熄燈了
那時你會踏著無聲的蓮步
長袖掩面
以清瀉的月光向我施蠱：
陽壽已盡，這是何苦。

（而這已是第四十九夜了）
我霍然起身
向守靈的悲愁而和善的鄉親們
俯身一拜——（屍變哪）

天無雨粟，鬼終夜哭
爲那始終不來向我拜祭的伊人
下一場流星罷

（黃泉路遠，須早早上路）
我終究沒有打破棺木
悄然將凝聚的精魂遣散
烏狗吞月，我歸於五嶽滄海：
宿緣未了，這是
癡苦。

1990

人非人

他總是一次又一次回到家居附近的海灘，散亂著頭髮，雙手抄在口袋裏，褲子打著皺摺，拖鞋斷了一條絆帶，思考著生命。

他總是一次又一次順著小河走下去，又走回來。

雨水沖開了鬆脫的土壤，露出裏頭削瘦的白骨。

雨天的海面，漂滿了垃圾。

遠處海上一張不斷浮動的木椅，像坐著一位幽靈的王，指揮著海面上無數人類的遺棄品。

他總是一次又一次回到生命起源的海洋，發現生命最終回歸的事實。

「狗死放水流。」

他在河的入海口發現了他的狗的屍體，橫躺在沙灘上。浪潮的口涎不斷一遍又一遍舔過牠潮溼的毛髮和腫脹的胸腹。

隔天屍體便不見了。

消失化作大海的一部份。

狗，究竟有沒有靈魂呢？他突然如此急切地想，悲傷起來無法自抑：一條狗究竟有沒有靈魂呢？

在真理的大海洋前他的問題照例被忽略，像精衛投下的一塊石子，無聲的墜沈，到底。在真理的大海洋前，立在沙

灘的盡頭極目遠望，他確信那容納著所有答案的海洋，終有一天會吐出一聲給他的回答。獵獵的海風颸過額際，掀開了他少見陽光的額頭，「芻狗」，他彷彿在風裏低低喚了一聲。

1990

回答

——寫給顧城

你痛了嚜　有多痛呢　還忍得住嚜　這痛
我遍尋不著傷口呵
我踩亂了小小的藥園
採來了昨夜初發的杜若和石竹
在遠行前的晚天，當悽惶奔走的鴉都倦了
你只是靜靜點數行囊裏收存的寧靜和風暴
眸子迴避著眼淚，意志逼退了時光：
「讓我先尋得一處冬天永遠無法襲擊的草原，
安置你，以及你豢養的詩的小羊……」
而那永不能痊癒的想望
該由誰來尋得一個藉口結束他呢
結束起一個靈魂枯寂的想像和等待——
你終究沒有提醒
這陰霾廣大的世界忘了曾經答應過一隻螢火蟲
讓渴睡的都得到一張眠床和夢的懷抱
讓前行的一支火把，跌倒的一個吻
讓想飛的擁有翅膀和遠方
讓受著的痛的，一個回答。

1991

我們總是愛人一般相遇

我們總是愛人一般相遇
在以爲彼此具有朋友的素質
之前，便做過愛了
然後發覺
眞的只適合做個普通朋友

懷著親密的罪惡
短暫地游移
濃霧侵襲的房間
雨下十日，黃昏盤據不去
末日情調深深浸溼了靈魂：

「走開，我病了……」
然而開啓的音樂語帶威脅
彷彿兩隻相互挑釁的腿
爲無法找出一種更親愛的姿勢
而無比絕望

1991

青春猝擊

青春如蛇，將猝擊你如蛇信
當然你不會知道
你將被蛇毒分解爲土壤，分子，原子
化爲氣味，回聲，記憶，光
與塵

——我清楚記得
那時你已不年輕了，但充滿體力和好奇
摸黑潛入影子盤據聲浪席捲的酒吧
狡黠地四處與慾望周旋
在那被禁忌塵封多年的樂園裡
你忙著爲枯寂而矇昧的上半生
預支來世的享樂做補償
青春如蛇，那條閃動鱗光的尾巴
正長長蜿蜒進入你幽沈的心
當然你其實隱隱預見
並非每一次沒有生殖的性交皆是一次絕望
你正爲同處體內的雌與雄
那相鬥爭的雄的饞渴與雌的饞渴
竭澤而漁……

是的，他們說你已經死了。早晨
白胖胖的牛奶瓶依舊在門外出現
一瓶，兩瓶，三瓶，排成小隊伍抗議：
「一直沒有人喝掉我們⋯⋯」
只有集體趨於腐敗──
青春如蛇，蛇慣被牛奶吸引
但蛇始終沒有再出現，在枯寂而矇昧的上半生
你以自身為餌
反覆試探青春無饜的脾胃

是的，我還清楚記得
那時你已不年輕了，但還堅信自己
可以再初戀一次
再一次怯怯獻出牛奶氣味的童貞⋯⋯

1991

因此我總是悲哀的

我愛你
因此我總是悲哀的，想像你是一塊不斷融化的冰
那美絕流麗的透明正簌簌掉淚並迅速消瘦
彷彿流淚才能證實自己的存在
或者，並不存在

因此履冰的步履仍冀冀移向眼睫的深淵
暈眩自額際拂下耳鳴自耳廓
那是目睹終極黑暗的末日症候群罷，
我來此見證你內心那些因愛獲救
也因愛撞燬的靈魂們——

我愛你們。因此
我要承攬眾多而精釆的罪名
陽光輕輕貼在死水的表面
和反面，我在其上其下的臉孔輕輕浮動偶爾嘴角抽搐
彷彿低喊：爲何，爲何我沒有權利將頭轉開
在影子的世界裡爲何
我鎮日與你倒立行走……

我與你倒立相遇，擦身而過
你不知那其實我的臉是我的鞋
鬆脫的鞋帶是我散亂的髭——當時
你絲毫不掩飾你的嫌惡——我的襪是我的毛線方格帽
充滿辛苦生活的氣味：

愛，愛你已至如日常行走……
而你正如一百人之九十九人嚐不出精膳中隱藏的鹽
在空洞而傾斜的城市背景裡
惡夢擦拭過的瞳孔泛著絕望的精光
（我原想替你承擔生命的沈重，是的，沈重）
你苦惱著無知地走來，說：
怎麼辦，我擦不掉生命裡一條畫歪的直線……

因此，因此我總是悲哀的
想像我是一條不斷前行但已歪斜的直線
正不斷與所有平行無憂正直安全的直線交叉而
不斷受傷斷折……

1991

哪吒

此刻，我和我的機車正安靜躺在這安靜的山谷公路
四周只有遠山不斷呼喊著我的名字
我被遠遠拋出的軀體有如一把被遺棄地上的匕首
腐蝕性的沙塵正試圖掩埋並融化我
而我心愛的，我最心愛的機車不知是否已經死了
黑色的血液正從他兀自翹起的車首汩汩流下
在我胸前凝結成一塊迅速擴張的地圖
是的，太陽不久即將氣化我
那已經被機械獸發射升空的太陽
正無所不在地蒐尋並擊毀四處竄逃的神族
幸好我沒有靈魂也不配備電腦
但我和我的機車仍要朝命運的關卡超速前進
迂迴繞過人類遺留下來層層愚蠢的路障
那些堆滿人肉罐頭與核子彈頭的壕溝
我想化身為速度、溫度和色度。速度速度速速度度啊
是的，一切只是我想而已
此刻我和我的機車正安靜躺在這安靜的山谷公路
連我蓮瓣塑成的肉身也不知道
是什麼力量的撞擊能使我超硬合金的關節粉碎脫臼
想必新一代的超人殺手已經出現

大地連一根瘦弱的野草也都鑲滿偵察的電眼

更別提那鎮日蔚藍晴朗，說謊的天空了

而四周遠山爲何還不斷呼喊著我的名字

難道鈀們已認出我，並追溯出我的身世，

呵呵，難道鈀們連我僅剩的一縷精魂也要取走

我，還有我心愛的噴射引擎機車

還有我密藏在腰間，伺機便捅機器人一刀的那把匕首……

註：鈀，機器人的「他」

1992

大金剛經

I

大金剛爬上帝國大廈去鳥瞰他的領地
那一大片盤鋸在夜裡發光的叢林
仍四處藏匿著牠無法征服的恐懼
武裝直升機群不過是擾人的蚊蚋，牠想：
我是大金剛而且史無前例的大金剛除了
搥胸頓足也是會有慾望的
譬如嗜好身材不成比例的矮小金髮美女等……
月亮此刻升上有如一顆佈滿血絲的眼白
大金剛從天而降的眼淚沖毀了三個十字路口

II

牠此刻終於意識到即使核爆之後仍舊不被摧毀的城市道德
那確然已偏離了地球最原始的意圖然而
牠思考的姿勢已逐漸接近直立：　地球啊
地球確已偏離最初設定好的航道
在宇宙間茫然飄浮如一顆無助的白血球
而我們，大金剛的前額陡然脹膨：
我們不也是一群額葉稍嫌發達的草原雜食性動物……

III

當然，炸燬帝國大廈的計畫持續進行著
大金剛辛勤鍛鍊牠脆弱彎曲的下肢
並且試圖扭轉脊椎的弧度
引信的電網閃爍如刺繡的蜘蛛絲
大金剛試圖拈燃一根火柴如人類試圖
敲打出第一副具殺傷力的石器

IV

然後蕈狀雲就升起了
大金剛的右拳敲打著左胸然而不能發聲
因爲牠的左拳已被氣化而猩唇已被燙熱
接著是牠後縮的下顎，退化的臼齒，深陷的腦回
不過在牠最後消失的視網膜上一閃而逝
彷彿在原子分裂的光芒核心當中牠已瞥見
一座幻覺的天堂正緩緩誕生

1992

卷五
1993-1994

別愛陌生人

● 自覺創作陷入最低潮。
● 開始情色詩的寫作，彷彿重獲自由。

蝴蝶戀

他的愛我，可謂已超出尋常友誼之外……
沒有我，也許不至於出家。
——夏丏尊·《弘一法師之出家》

我終究要走過這一生極盡繁華
然後證得萬法
皆空。吾愛汝心
吾更憐汝色
以是因緣，情願
歷
千千萬萬
劫難，一如蝴蝶

迷途於花的暴風雨。
我必得時時如此自苦噎
斷食、斷髮、斷念
呵，更得斷去心頭這朵美絕的想念
方得稍解體內
風起潮生的胸悸舌燥……

天心一捧不曾圓正的月輪
正如我親手栽下的華枝不曾開滿
痴者，識道未深……
蝴蝶辭別著春日的花
問花：難道對於自己的美你絲毫不自覺嚜

花兀自生滅。
千千萬萬朵生滅之間
我，不也是匆匆一瞥的臨水照花人？
終究一生不過是場漫長的辭別
（願他年同生安養共圓種智）（註）
我且捨下了情
我且捨下了痴
我且捨下了悲
我且捨下了欣
我且

1993

註：一九一八年弘一法師出家於杭州虎跑寺，半月後贈夏丏尊一幅
　　字，寫的是「楞嚴大勢至念佛圓通章」，跋內末有「願他年同生安
　　養共圓種智」的話。

在A片流行的年代……

在A片流行的年代裏
我們都記得一名擁有三個尻的女人
在第四台簡陋的攝影棚裏
她的三個尻分別被稱做
現象　本質
和屌

她母寧是驕傲的
相對於我們無知的渴望
和所有拒絕推銷保險套的脫星一樣
我每晚皆以陽具向她
肅立致敬

在偶爾捨棄皮鞭和刑具的良夜
尼采便虛脫也似地瘋狂尋找藥物──
月亮嗎？全世界最大一顆迷幻藥
已然圖騰了半個地球的水泥叢林
但我們已然超越追求心靈的年代

超越雞姦和虐待的年代

超越了靜坐觀想和無我
「別解放我，請虛無我……」
A片裏的一句台詞
遺失在七七四十九重天
三千大千世界

天人尚且五衰……，我說
那麼何不當頭賞我一泡你的屎和尿和無盡自在
樹木花果，日月星辰
即使被摧眠的猩猩也無從洩露
我如何和自己19歲的影子作愛
如何在作愛中培植體毛和智慧……

久久，而久久我立在眞理販賣機前
希望投幣口能接受我手中的銅板
屄能接納我的屌
（無論是在本質或現象上）
在那個A片流行的年代
慾望是地球表面新隆起的一座火山口

而快感呢？快感多麼小心翼翼而努力
如一隻蚊蚋般的直昇機
在爬昇與墜燬之間

偷偷親吻了正在手淫當中的自己……

1993

肌肉頌

肱二頭肌。你愛我嗎？
比目魚肌。萬歲，萬歲，萬萬歲。
股四頭肌。人民是國家眞正的主人。
大胸肌。我的家庭眞可愛美滿安康又溫馨。
陰道收縮肌。用過請棄於字紙簍。
眼輪匝肌。祖國的山河是多麼壯麗。
腓腸肌。快樂嗎？很美滿。
上斜肌。正確的性愛姿勢。
肛門括約肌。免洗餐具，斯斯，生髮劑。
腹直肌。愛國、愛民、愛黨。
擴背肌。告訴你一個民族英雄的眞實故事。
皺眉肌。微笑，微笑是人際關係的潤滑劑。
豎毛肌。一、二、三，到臺灣。
大臀肌。流行使您健康。
上額肌。讓我們永遠追隨神的腳步。
提睪肌。勝利第一。情勢一片大好。
橈側伸腕肌。服從，服從，還是服從。
咀嚼肌。拳頭，枕頭，奶頭。
吻肌。你從未感受過虛無嗎？
肱三頭肌。眞他媽的虛無。

1993

別愛陌生人

在瀕於淪陷入黑暗之前的街市裏有人看見
你以一個陌生客的姿勢
君臨了這個久被愛情摒棄的小城，發現
勇敢而且正直的人都已先走進了墳地
只剩平凡的家族繼續繁衍平凡的子孫

子孫在駝了背的屋脊上玩耍
年輕的旅店主人在陽台上鍛鍊身肌
酷似默片明星地笑著，指給你
那些在城市上空如塵埃起落的鴿群
正是這時代關於死亡的鮮明記憶

之一。還有你收存的泛黃相片裏的太陽旗
你以淫蕩聞名的年輕小母親
在那幢木紋細緻如絲的黑色酒吧裏
咚咚踩著木梯追尋負心情人的往事⋯⋯
然而美麗而哀愁的人都已先走進了墳地
只剩政治的家族繼續撫恤政治的子孫

子孫在改裝的神社公園裏遊盪著

你不知黃昏將在這小城投宿多久
敗德的痕跡正被新興起的更巨大的陰影所傾覆
熟稔的肉體是已迅速腐敗崩解了
你突然憶起第一次你蛻下胸前的衣裳時
你所早已知曉有關愛慾的一切

一切將與你錯身而過，堅決地
走著與你遠離的方向
你英挺而早逝的戀人那時仍羞怯俯首
和你不詳的父親一樣蓄著淡漠的平頭
綿延不絕的屋瓦上盤桓不去的灰色雲霧，你只記得
晾在海風中的綠色軍服微微揮手告別——
旅店供應的廉價熱茶提醒了你
行道樹一般苦澀而疏遠的滋味

靜默了。陌生客的靜默
轉動了收音機裏微弱難辨的雜音
歷史必將遺忘的是窗沿浮雕上的青苔罷
愛戀而茹苦的人都已走進了墳地
而你，你卻是不曾繁衍子孫的人的子孫
在這片你看不見的家族的領地上恓恓惶惶
終於放棄了恢復記憶的努力

別愛陌生人，千萬別愛上一個陌生人……
你聽見一個遙遠陌生的電台
正無所不在地播放著這首
與黃昏的身世絲毫無關的輓歌
而不能覺察地陰慘地笑了……

1993

夢遺的地圖

當小王子遭遇小王子
當黑衣騎士(哥哥)決鬥白衣騎士(弟弟)
當水龍頭眺望下水管
當拇指愛撫小指
當金熔化了鉛
當汗水穿過淚水
當嘴唇跳躍進陰唇
當抽象畫懸掛著抽象畫

當顫抖重疊上顫抖
當海浪裝飾以浪
當尖叫刺破另一聲尖叫
當現象影射著現象

(與本質無關)
當呼吸搶奪著呼吸
當力抗衡著力
當陰影迴避著陰影
當毒藥稀釋著另一杯毒藥

當星球運轉著星球
當虛無虛無著虛無
當門開啓著門
當時間夢見了時間
當死亡複製著更多死亡
當快樂消滅了另外一群快樂
當快感模擬著另一次快感
當龜頭敲打著乳頭

他夢遺了
他是王
夢遺出一塊屬於他的版圖
生
與死的潔白床單上
當月經
翻閱著另一本月經
他戀戀不捨，當夢遺
預言了下一次的夢遺……

1993

閉上你的陰唇

你已然明瞭這個體面但強暴過你的世界
情與非情的分野
獸與禽獸不如的人類

你說你已經成長成熟甚至
爛熟的境地
性與權力的重新分配
頹廢的屌與神經錯亂的屄
你也都熟悉

你說什麼垃圾皆可以倒進你的乳溝
你是頭頂生瘡腳底流膿的大地之母
你的褻衣萬國旗
你說讓我顛覆，讓我解構
讓我以凱撒的口吻說：
我來，我見，我被姦

當正義之師策馬轉進入圍城
這土地已被謊言包裹得無比光榮
你說這是聽不見良知之國：

「我愛豬肉。」語言教學如是教你
豬肉也愛你

豬肉愛我們。
(來,跟著我覆誦)
豬肉無比博愛——
如同海嘯本世紀以來最高的高潮即將來臨
如同潛意識中對法西斯的渴望:
可是
可是在我真正聆聽之前
你何不先閉上你的陰唇

1994

婚禮留言

我的至愛
今日我從你手中接過你贈與的指環
所值不貲
我將因此賦予
你合法使用我的屄的權利
你將餵食我以中餐西餐日本料理
韓國泡菜港式點心法國晚餐
當然，還有你的陰莖和精液
你的腳趾和體毛，
你的性病和菜花，愛人啊

我經濟獨立，學業有成，人格成熟
今日並成爲你惟一的妻
我將自此否認我的手指曾經觸碰過
其他同樣鴨豹亢奮的陽具
不記得曾經被父親染指
只仰慕你一人的喉結和體臭

我並不因此放棄節食和韻律操
肥皂劇與手淫

我曾經珍愛我的處女膜

辛勤鍛鍊陰道括約肌

但你我皆無法領會何謂童貞……

我的至愛

請接受我回贈你的皮鞭與烙鐵

手銬刑具與潤滑膏

（你為什麼不是一名納粹黑衫軍官呢？）

在這純白的婚禮上

我嚮往一名酷似你的多毛嬰孩

他將揪緊我的奶頭搾取其中乳汁

我將因此興奮體驗此生我的無上幸福

1994

獸姦之必要

● 重新發現寫作是無止盡的

車站留言

阿美阿草

我先搭11點37的南下了　我並不恨你

如果颱風明天到達

來電：(00)7127屮998φ

父留。孩子記得我

先生下再說

錢，不要等我了

我家不在台北　ECHO:ECHO

欠你的

工作已找著

很久很久以後，本質

和現象衝突　得很厲害

祝　快回家

三隻母雞和甘藍菜

都好

你最真誠的愛匆此

再還你。

1992

錯覺

有一種沙塵滿佈的錯覺
在你不斷上漲的身體累積　復累積
流動的，我的目光帶領記憶
穿過指縫
前來殖民你的下體

那是蓮花
那正是花開一瞬
那時風正轉醒
那時我正如一顆吹起的沙塵
沾附你野蠻隆起
而忽而四散的
慾念

慾念是埋在地底很深很深的
一道礦脈，我的小腹
正敏感抵著他隱隱的搏動
「撕裂我，否則愛我……」
否則打開我，我凝結如岩的部份
我蕩流八方的部份

我癡昧無明的部份

我無視時間捉弄的部份——
神祇於造山運動之後
又一齊沉入海洋
芥子啊芥子
芥子飛滅於慾流三界，三千大千
營造了沙塵滿佈的錯覺

「我們將不是老了，而是舊了……」
因此生厭離之心
毋憐汝色，毋愛吾心(注)
在礦脈終止的地方
你身體覆滿了漂游細碎的蓮花是錯覺
你身體流滿了風生潮起的沙塵是錯覺

遍體清涼無垢的觀音是錯覺
我躺下
我畢竟眞正躺下
可是，這躺下
是錯覺。

1995

注：「毋憐汝色，毋愛吾心」典出《楞嚴經》：「吾愛汝心，汝憐吾色，
　　以是因緣，歷千百劫，常在纏縛。」

誰是尹清楓

一.誰

誰
誰在帷幕大樓的鏡面牆壁上
製造了幽靈

以及幽靈龐大的巢穴。
當天空紛紛降下淡綠色的鈔票
武器便開始滋長
槍管生出刺刀
裝甲的肚腹漲滿魚卵般的飛彈

誰，是誰的臉
在潛望鏡沈下的那一瞬
在水面偷偷笑了一下

二.是

是。長官。是

請。長官。請您。
蹂躪。是。盡情
地。是的。長官。別。
再猶豫。了。請長官。
卸下。您。手中。和腰間
。已經陳舊。的。
武器。是的。
長官。請您。
蹂。
躪。是的。請
長官。舉起
您胯。間。
那副。
嶄新。大。粗。
硬。是的。夠
有凍頭。的
新武器。盡
情地。
蹂躪。
我罷

三.尹

尹□□因□辦□□速
□因□擬□□爾□□
□等可□奉□消□忍
□如辦□察□□有□
事□不□□滅□無何
□此□撤□□政實□
□證□□圓□結□滅
□□據□消□□完□

四.清

清晨的和風悠悠拂過
中正號飛彈的胸膛再悠悠拂過
美齡號戰機的肚臍再悠悠拂過
經國號艦艇的乳頭再悠悠拂過
登輝號潛艇的下顎再悠悠
拂
過

五.楓

楓開始落葉的那個冬日，我清楚記得
也就是照片在藥水中開始顯影的那日我
開始將換季的軍服由抽屜托出的那晚
有人開始聽見地底傳來的回聲也正是
錄音帶開始斑駁的那一刻有一隻手伸出
按下play鍵並告訴我：從今天起你的生命
已開始被竊聽。也正是我發覺我遺失了
我專用的橡皮擦的那晚我開始大量
喪失記憶是的正是我拔開那瓶
標示者低階軍官禁止服用的藥瓶的那日
我清楚記得，那一個冬日楓樹開始掉下葉子……

1996

仍然

黃昏的我走過廢耕的田疇看見
滿野已枯死的向日葵仍然昂首旋轉
追隨日頭向西

蜥蜴的斷尾出現在田隴上
像一隻靈動的小蛇
在我的注視間
久久不肯止息

村童示我以氣絕多時的蛙
「不過還會動就是了⋯⋯」他說
那無意識揮動的足蹼
顯然還會持續很久

我繼續走向黑夜完整的段落
將雙手盡情延伸入黑暗中
星星的光仍在
但我明白，此際星群早已死滅⋯⋯

我在每一個日常的黃昏駐足

聽見死亡的表演依舊
我昂首，揮手
像蜥蜴的斷尾
在落日的餘燼裡演出……

我知道我還會活著，我們的動作
仍然還會持續很久

1996

語言之傷

耳語盈盈，從別人的唇耳之間
飄出金屬細碎的釘與針

熠熠的笑聲
是刃的寒芒

結論，伴隨睥睨的目光
才是堅定的匕首

但弦外之音分外薄利
像煞車像保利龍摩擦著玻璃

問候如霧
由多日的嘴中向虛空飄散

「我愛你」
像不存在的冰愛著火燄

流言恰似濁流湍急
載沉載浮的眞相被吸近漩渦中央

咀咒
黑色淬滿了毒的劍

呵，我已經準備好了
是否我已經準備好隨時
讓身上佈滿這語言之傷……

1996

請以平常心看待異性戀

佛要生命寂滅。
佛站在每一道吋吋開啓的子宮面前
極力阻擋：回去，回去……

回到受精卵以前
精與卵以前
DNA與RNA相遇之前
那時，一己之貪執尙未成形——

「那時或許阻止生命巨流的成形或來得及……」
佛在失神的壞劫空劫之間
悲傷地站在橋上觀望
沸沸揚揚的生之慾流已浩浩湯湯

看，每一道激起的細碎浪花即是萬千血染頭顱
聽，每一聲水流嗚咽都聚集了無數人間嚎啕
無比慈悲呵

佛掬起一把生命江流的濁水
每一把都是苦海無邊

每一把

都凝視著子宮
裏頭未來執迷的小手
萬萬千千雙攫取復毀棄復攫取的小手
爲異性戀者們所深深愛悅，喜歡：

「我也要擁有這樣一雙……」
異性戀者說。彷彿
一則寫在潛意識裡的廣告文案
無數個我因我因我再因我所愛而繁衍繁衍復繁衍……

「你也可以擁有那樣一雙……」
異性戀者的神聖的尻與屌
勤於，呵，勤於護衛著生殖與神蹟
像一則寫在超意識裡的政治宣言
於是他與她氣壯而理直地摩擦摩擦復摩擦……

佛說：那麼……
好罷。
無可救藥的
自以爲
擁有

生理正當性　與
道德正確性的
異性戀者們……

佛說：好吧。
異性戀者將繼續
繁茂昌盛
世世代代
代代世世，生息不已……否則

否則衆生
衆生無從
領會
什麼叫做
萬劫
不
復。

1996

獸姦之必要

不可以和動物發生性行為。母猩猩說包括人類。

「這我知道，但我仍希望對方是一匹獸……」

綿羊說：「在金星落入寧靜海所激起的海浪高度面前
……」喵喵喵喵。叫床的聲浪如波波羊背起伏在一望無垠的
大草原。喵。喵。喵。喵。狼來了。狼來了。狼在綿羊的
床上無比溫柔。

長頸鹿說：「只有人類才迷信正面性交。」

但蛇不屑極了。他不能明白為何有些人類的性器官會
模倣另外一種生物。包括如眼鏡蛇的直立。

人類騙狐狸說人類天生是一夫一妻終身單偶制的動
物。

抹香鯨罕見的帶倒鈎陽具，承受得起深海兩萬噚的壓
力與海底活火山外洩的高溫，與核子潛艇潛望鏡的搔擾性
蒐尋。「我游過了整個太平洋與半個南極，才遇到地球上另
一個同類，剛巧，我又不喜歡他……」而且都是雄鯨。但我

們仍在黑暗的海溝做愛做了一整個月圓的時間，才各自離去。因爲下一次遭逢的機會太過渺茫，而彼此竟也都本能地知道如何從同性的身體裡擷取溫暖與感動。你看見金星掉入寧靜所激起的高昂水柱了嗎？比起來那不過是從我們背部的通氣孔所呼出的一小道水花而已……下一次的相遇，或許，我們會更懂得留住彼此的技巧，畢竟，愛好獨自遷移是我們抹香鯨天生無法改變的習性……

老虎上場了。在全人類馬戲團的鐵籠裡。

「別催促我……」老虎說：「但請盡情鞭打我，拿你最長最好的那支鞭子……」沒有人知道老虎爲什麼會跳火圈或滾皮球，那些蠢把戲分明違反了他們的天性。在全人類馬戲團的鐵籠裡，老虎深深愛上了他的馴獸師。沒有人知道這個祕密：每一隻老虎都是受虐狂。沙德的信徒。只有當老虎被鞭打得太過興奮而一不小心弄死了那位高大俊美又自戀的馴獸師時，全人類才會嘩然舉槍，射殺了那隻無辜的陷入熱戀的老虎。罪名一律是：性戀態。

而非獸性大發。

做爲一雙老虎永遠的幸福與悲哀是：時時感受到被愛而無法回報。

但狼人與吸血鬼都愛極了姦屍：屍體比活體有許多好處。富於食物的聯想。安靜。不反抗且配合度高。「當你做

愛途中眞的感受饑餓時還可以一口咬下一塊肉來解饑。」狼
人說。吸血鬼則強調姦屍有一種平等性：「因爲我和屍體都
是冷血的⋯⋯不會有和活人做愛，邊做邊揮汗的燥熱感。」
多愚蠢的人類，只懂得用水和火使屍體發出香味⋯⋯

　　恐龍一邊搖頭說：人類太喜歡繁殖後代了⋯⋯以致於
不明瞭做愛究竟怎麼一回事。

　　一隻鸚鵡飛來，啣走人類的舌頭。

　　「眞的有動物願意和人類性交嗎？」
　　沒有一種動物願意回答。

1996

天竜寺之魚

一如
水是粘稠的臟腑
藻是血紅的鏡子
人倒影在顛簸的屋簷背脊
山飛旋向和風之銳利斗蓬

花來寺已廢
群樹的節慶以落葉牲祭
迴廊裡銳叫的足印狂奔至冥想的盡頭
之後魚群溢出池緣巢卵壓斷枝椏
苔高過寺頂
太陽擠落了天空

那頻頻浮露出蒼老水面的鰭在問：
這世界何時毀滅？
這世界何時毀滅？

這世界啊，究竟何時才能毀滅……

1996

海之組曲

一.苦海·淚海·心海

在歌中我走過一個海
人生幻化的瓶子始終尾隨我
彷彿祈求我拾起它，閱讀

其中關於潮汐與洋流的訊息
或者一段浪花與暴風的對話
或者一個遙遠旅者的遙遠事蹟……

我掏起一把海水發現是淚
我掏起一把海水發現是苦
我掏起一把海水發現是心
我早厭倦了海
卻一直飄流在心海
感覺自己是另外一隻瓶子，載沈載浮

在另外一種可能的海……

二.寧靜海

海在光年外的星星上
也在咫尺內的胸口裡
何不找一個寧靜之洋好生我養我
樂我，育我，愛我，撫我
葬我，化我

星星來到我胸前：
終止那倦人的找尋吧
此中，畢竟無寧靜……

三.夢海

透明的海洋我棲息在一個夢裡
夢中我夢見自己活在透明海洋
海洋養不活夢
夢中亦沒有海洋

但我確知海洋是會夢的……
海洋夢見了我，在我的夢裡。

四.無數海

海層層
層層重疊像窗扇
推開，便看見海

關上，便也看見海——
海來，像意念之起
但其實沒來

也沒有如揚在空中的浪的
無數意念
和海無數

也沒有在無數的海中
來來往往的，無數
看見

五.自由海

這永無終止的海呵，每當想起
這頭到那頭

的海，我便

終止我的想念
和　海的想念。海
終於自由，悄悄　無聲　地
自由

了，同時
自由了海　也
自由了我

1996

索引

陳克華詩自選集出處一覽

國家圖書館出版品預行編目資料

別愛陌生人／陳克華著. --初版. --臺北市：
元尊文化, 1997 ［民86］
　面；公分. --（風行館,貓的夜瞳）
ISBN 957-8399-01-4（平裝）.

851.486　　　　　　　　　　　86005473